Inhalt

Ich stimme Euch zu.

Die Stabilität der kaiserlichen Familie hängt von ihren Nachfolgern ab.

Doch zuerst ...

... sollte ich einige Konkubinen ernennen.

Latrasil Valentine Tarium
Kaiserin des Reichs Tarium

!!!

Ich habe mich gewiss verhört, nicht wahr?

Das kann unmöglich ihr Ernst sein ...

TUSCHEL

Eine Kaiserin ... und Konkubinen ...?!

Ich dachte ...

... zunächst an fünf.

Aber Majestät, das ist völlig absurd!

Die bisherigen Kaiserinnen hatten nur einen einzigen Prinzgemahl!

Herzog Atraxil
Kaiserin Latrasils Minister

Wart ihr es nicht, verehrte Minister, die behaupteten, mein Vater müsse Konkubinen ernennen ...

... um die Kaiserin in Schach zu halten und zu verhindern, dass ihre Familie an Macht gewinnt?

Es gibt fürwahr Gerüchte, dass einige Kaiserinnen heimlich Konkubinen zu sich holten ...

... aber noch nie kam es vor, dass eine Herrscherin einen offiziellen Harem hatte! Also warum ...?!

Der fünfte Kaiser, Trashishu, der als nobler Romantiker galt, hatte fünf Konkubinen.

Der elfte Kaiser, Ayntra, hatte sechs.

Im Durchschnitt hatten die Kaiser Tariums fünfzehn Konkubinen.

Die unverbesserlichen Frauenjäger unter ihnen nahmen sogar über zwanzig.

Aber ...

Und trotzdem wollt ihr sie mir verweigern?

Fünf Konkubinen. Und keine weniger.

Kein Grund, so mürrisch zu sein, meine Herren.

Je mehr Konkubinen ich habe ...

FLÜSTER

... desto höher stehen schließlich auch eure Chancen, mein Schwiegervater zu werden, nicht wahr?

Nun ...

Das stimmt ...

Der bisher aussichtsreichste Kandidat als Prinzgemahl ist der Sohn von Herzog Atraxil ...

Hmm ...

Aber mit mehreren Konkubinen hätten auch wir ...

MURMEL

MURMEL

Hyacinth ...

Ist dieses einzigartige Gefühl der Macht der Grund, aus dem du mich verlassen hast?

Jeder liegt mir zu Füßen ...

... und niemand kann sich mir widersetzen.

Ich werde schon bald eine Gesandtschaft nach Karisen schicken.

Und du, mein Lieber, wirst höchstpersönlich eine Konkubine für mich auswählen.

Ich werde dich dasselbe Leid spüren lassen ...

... das auch
ich erdulden
musste.

Und
so beginnt das
erste Jahr unter der
Herrschaft ...

... von Latrasil
Valentine Tarium,
der 19. Kaiserin des
Imperiums Tarium.

Die Gründung des Harems

Kapitel 1

Sechs Jahre zuvor,
im Jahr 511

Prinz Hyacinth aus dem Kaiserreich
Karisen, der für seine Studien ins Land
gekommen war, stellte sich dem Kaiser-
hof des Reichs Tarium vor.

Jener denkwürdige Tag ist
Prinzessin Latil in deutlicher
Erinnerung geblieben.

Was ist denn los mit mir?

Dies war ihre erste Begegnung mit Hyacinth.

Wie vom Schicksal bestimmt fanden sie zueinander ...

... und Hyacinth versprach Latil unerschütterliche Treue.

Latil war
sich sicher.

Hyacinth war ihr
Seelenverwandter, den der
Himmel ihr gesandt hatte.

Doch dann ...

... geschah etwas
Unerwartetes.

Ich begleite dich!

Nein, Latil.

Ich möchte dich auch nicht zurücklassen ...

... aber es ist zu gefährlich.

DEPRIMIERT

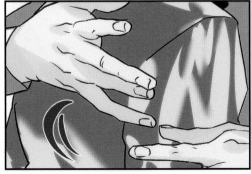

Ich liebe dich, Latil.

Das wird sich nicht ändern, auch wenn ich fort bin.

DRÜCK

GNNG

Ich werde für dich den Thron besteigen.

Sobald ich das geschafft habe, werde ich dir die prächtigste Gesandtschaft schicken ...

... und deinen Vater offiziell um deine Hand bitten.

Bitte warte auf mich!

FSSHAAAA

Nach Hyacinths Abreise ...

... suchte Latil jeden Tag den Tempel auf, um für ihren Geliebten zu beten.

Sie betete, dass er nicht von seinem Halbbruder getötet oder verletzt werden ...

... sondern unversehrt aus diesem Krieg zurückkehren würde.

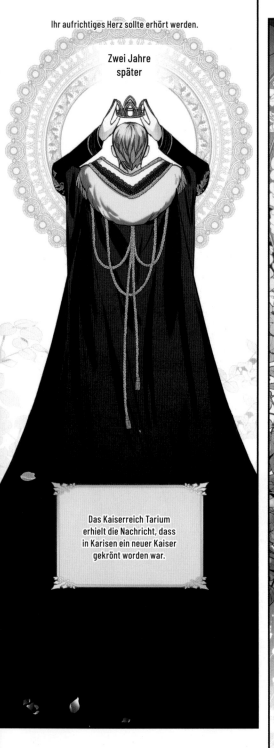

Ihr aufrichtiges Herz sollte erhört werden.

Zwei Jahre
später

Das Kaiserreich Tarium erhielt die Nachricht, dass in Karisen ein neuer Kaiser gekrönt worden war.

Sein Name war Hyacinth Karisen.

Er hatte es geschafft, den Putsch seines Halbbruders zu vereiteln.

Als neuer Kaiser ist Hyacinth sicher damit beschäftigt, die politische Lage zu stabilisieren.

Es vergingen weitere zwei Monate.

Ich vermisse ihn schrecklich ...

Aber als zukünftige Kaiserin sollte ich mich in Geduld üben, nicht wahr?

Schließlich möchte ich Hyacinth eine würdige Gemahlin sein ...!

WU

SCH

Eure Entwicklung in den letzten zwei Jahren wird ihm gewiss gefallen.

STRAHL

Wirklich? Meinst du?!

Natürlich! Ihr zwei wart schon immer ein hübsches Paar.

Endlich!

SPRINT

Prinzessin?

Psst!

27

... die Hochzeit von Kaiser Karisen ...

Hochzeit?! Es geht also wirklich um mich!

FWUIT

Eine Gesandtschaft aus Karisen ist eingetroffen! Hyacinth will Vater um meine Hand bitten!

Daher wird Seine Majestät der Kaiser gewiss eine Delegation schicken, um Kaiser Karisen ...

... und seiner zukünftigen Gemahlin zu gratulieren und ihnen Segen zu spenden.

Rapitel 2

Was ist das?

Ein Ring.

Aus Gras?

??

VERWIRRT

Ich habe ihn selbst gemacht.

Die Leute mögen solche Spielereien, habe ich gehört ...

In deinem Land gibt es also nicht einmal Steine?

Aww...

Nicht doch. Das ist eine romantische Geste!

Gib mir deine Hand.

SSt

Wie hübsch er an dir aussieht.

Nicht wahr?

Nicht wahr?

LÄCHEL

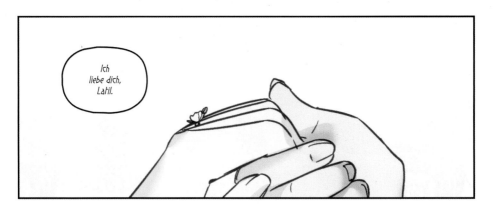

Ihr sprecht
von einer Hochzeit,
doch wer ist die
Braut?

Die Braut
ist Fräulein Aini, die
Tochter von Herzog
Daga von Karisen.

Unmöglich! Ihr habt bestimmt etwas missverstanden!

Jeder weiß, wie sehr er sich um Euch bemüht hat ...!

Seid Ihr wirklich sicher, dass die Delegation nicht hier ist, um Euch zu ihm zu bringen?

Sie heißt Aini ...

...

Ich habe sogar den Namen der Braut gehört.

37

Kaiser Karisen hatte beschlossen, eine Dame aus seinem eigenen Land zur Gemahlin zu nehmen.

Im Nu verbreitete sich diese Nachricht in Tarium sowie in den benachbarten Königreichen.

Die Hochzeit war beschlossene Sache.

Ich habe im Tempel wohl zu inbrünstig für seinen Sieg gebetet ...

Um Himmels willen!

HAH

Was tut Ihr da?! Das ist gefährlich!

Kommt schnell dort herunter, Prinzessin!

ZETER

Das ist nicht gefährlich, Tantchen.

Es sei denn, der Bau ist mangelhaft.

Herrje ...

Außerdem ...

... ist Hyacinth ein Mistkerl.

Prinzessin ...

Oh!

?

Was machst du da?

WUPP

WUPP

WUPP

Seht Euch das bitte an, Prinzessin!

Ein Brief?

Er ist anonym.

FWUPP

Einer der Gesandten ...

Ein Gesandter?

Ja.

Er bat mich vorhin, ihn Euch heimlich zu über- bringen.

Heimlich?

Hyacinth!

Dieser Brief
ist eindeutig von
Hyacinth!

Oh, aber ...

Was,
wenn es sich um
einen Abschiedsbrief
handelt?

Was ...

RITSCH

... wenn er schreibt, dass sich seine Gefühle verändert haben?

...

Ähm ...

Was steht in dem Brief?

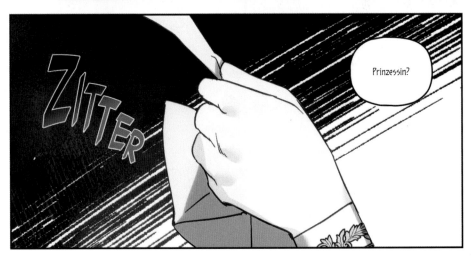

ZITTER

Prinzessin?

Nach Karisen?

Vater, ich
werde nach Karisen
reisen.

Möchtest
du etwa Hyacinth
treffen?

48

Hyacinth ist ein guter Junge, aber ...

... ich war schon immer der Meinung, dass er nicht zu dir passt.

Es ist gewiss besser so.

KNARZ

...

Latil. Trauere nicht um eine Beziehung, die der Vergangenheit angehört.

Und erzähl mir bitte nicht, du möchtest so sehr an seiner Seite sein, dass du selbst mit einer Position als Konkubine zufrieden wärst.

Das käme
mir nie in den
Sinn.

Aber ...

... ich muss
zu ihm nach
Karisen.

Ich frage mich, vom wem du deine Sturheit geerbt hast ...

SEUFz

Gut, ich erlaube es dir. Unter zwei Bedingungen.

Erstens. Du wirst Hyacinth einen kräftigen Tritt verpassen, wenn du ihn siehst.

Falls er dich nach dem Grund fragt, so sage ihm, dass ich es befohlen habe!

!

STRAHL

Und zweitens ...

Du wirst als Repräsentantin der Delegation gehen, um ihm zu gratulieren.

FWUOOO

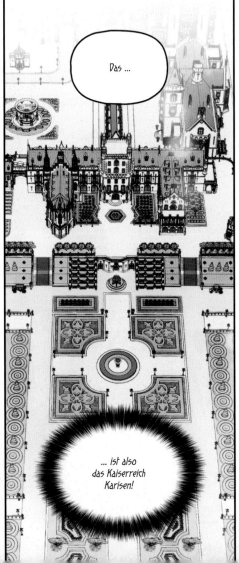

Das ...

... ist also das Kaiserreich Karisen!

Kapitel 3

Nun, folgt mir bitte. Hier entlang!

Ich war mir zwar sicher, Karisen irgendwann einen Besuch abzustatten, doch ...

Er hätte eigentlich an meiner Seite sein sollen ...

... dass dies der Grund dafür sein würde, hätte ich mir niemals träumen lassen.

Ich musste für seine Braut ein Geschenk aussuchen ...

... und Vorbereitungen für die Hochzeit des Mannes treffen, der meine große Liebe war.

Du hast fünf Minuten und keine Sekunde länger!

Diese Zeit gebe ich dir ... ... um mir zu erklären, warum du mich hierhergebeten hast!

Latil ... Ich weiß, dass du wütend bist.

Aber bitte spring mir doch nicht gleich an die Kehle ...

Ich habe mich so
nach dir gesehnt, doch
wenn dich mein Anblick
derart erzürnt,
werde ich ...

Noch vier
Minuten.

Latil ...

Dreieinhalb
Minuten.

FUNKEL

In Ordnung.

Heiums Putschversuch wurde von zahlreichen einflussreichen Adeligen unterstützt.

HAH

Einladung zur Hochzeit
Seine kaiserliche Majestät
Hyacinth Karisen
Fräulein Aini Tour la Daga

Und der mächtigste unter ihnen war Herzog Daga.

!

Um Heium zurück-
zudrängen, brauchte
ich den Herzog.

Daher musste
ich ihn versöhnlich
stimmen.

Er verlangte,
dass ich seine einzige
Tochter zur Kaiserin
nehme.

Es tut
mir so leid,
Latil ...

BWOCK

Oh, das
muss dir nicht
leidtun.

Ugh!

62

Ich mache dir keine Vor-würfe.

Letztendlich denkt jeder zuerst an sich selbst.

Latil ...

Aber nur, weil ich dir keine Vor-würfe mache, heißt das nicht, dass ich nicht wütend bin.

Du hättest mir nach dem Ende des Kriegs davon erzählen können.

Musste ich wirklich von einer Gesandtschaft von deiner Hochzeit erfahren?!

Ich bitte dich, Latil ...

Ich habe dich nicht hergerufen, damit wir uns voneinander verabschieden.

Sondern? Wolltest du dich entschuldigen?

Ich liebe
dich.

Liebe?

Bitte gib mir fünf Jahre.

Was habe ich davon, fünf Jahre zu warten?

Ich habe noch nicht alle Unterstützer von Heium ausfindig gemacht.

Den Krieg mag ich gewonnen haben, aber der Thron steht auf wackligen Beinen.

Aus politischer Sicht wirst du es nicht vermeiden können, Konkubinen in den Palast zu holen!

FAUCH

Und das soll ich auch noch ertragen?!

Ich werde weder mit einer Konkubine noch mit Fräulein Aini schlafen! Nach fünf Jahren ...

... werde ich sie alle wegschicken!

Dennoch bin ich zuversichtlich, Herzog Dagas Macht innerhalb von fünf Jahren zerschlagen und auch die letzten Rebellen aus dem Weg räumen zu können.

Also
lass mich
gehen.

Nein,
Latil! Bitte!

Latil!

Verlass
mich nicht,
Latil ...

Ja. Ich habe das Richtige getan.

Was bildet er sich eigentlich ein? Er will sie heiraten und nach fünf Jahren fallenlassen?

Glaubt er etwa, ich freue mich, so etwas zu hören?!

Seid Ihr
in Ordnung,
Prinzessin?

Nein.

Ich rufe eine
Zofe. Sie wird Euch
beim Wechsel der
Kleidung behilflich
sein.

Danke.

KLACK

Hah ...

Prinzessin.

Hm?

Fräulein Aini ist hier.

Sie bittet um eine Audienz mit Euch. Was sollen wir tun?
Wenn Ihr es wünscht, vertröste ich sie.
Schickt sie herein.
Als Repräsentantin der Gesandtschaft kann ich ihr sowieso nicht aus dem Weg gehen.
Jawohl ...

Ihre Hand
ist weich und
zart.

Meine Hände hin-
gegen sind rau und
voller Schwielen ...

Hyacinth ...

Ist das
dein Ernst?

Es ist unmöglich,
fünf Jahre mit dieser Frau
zu verbringen und sich **nicht**
in sie zu verlieben!

Kapitel 4

Es stimmt also, dass Hyacinth beobachtet wird.

Da Ihr die Meinung des Kaisers nicht zu teilen scheint ...

... werde ich ehrlich zu Euch sein.

Sprecht weiter!

... von ihm scheiden lassen.

Ich werde mich auf keinen Fall ...

DÜSTER

Fräulein Aini, Ihr müsst mich gewiss nicht über Eure Ehepläne unterrichten.

Nicht, weil ich Seine Majestät liebe, Prinzessin ...

... sondern weil ich ihm nicht in die Karten spielen möchte.

Mein Herz brannte regelrecht, als ich von seinem Vorhaben hörte!

Wer würde einen Mann heiraten wollen, der die Absicht hat, seine Ehefrau später zu verlassen?

Wie hat sie nur davon erfahren?

Abgesehen davon muss dies für Fräulein Aini einfach scheußlich sein.

Zuerst war ich in meiner Würde verletzt und ...

... fragte mich, ob ich selbst die Verlobung auflösen soll.

Doch ich entschied mich dagegen.

Denn ich glaube, es wird ihn viel mehr verletzen, Euch meinetwegen zu verlieren.

Es tut mir leid.

Nicht doch. Ich bin Euch sogar dankbar, Prinzessin.

Ihr müsst ebenfalls äußerst aufgebracht sein, so wie Ihr mit ihm gesprochen habt.

81

Ich verabschiede mich. Guten Abend, Prinzessin.

Oh, und ich habe Euch etwas mitgebracht, das Ihr womöglich ...

... noch gebrauchen könnt.

LÄCHEL

Dieser gute Freund wirkt ganz hervorragend.

HIcks

Genau! Ist er der einzige Kerl auf dieser Welt?

Es gibt noch so viele andere ...

SHALALA

Soooo unglaublich viele!

Wenn das ein
Traum ist ...

SST

darf ich ihn nicht gehen lassen

Die Prinzessin, die als Gesandte kam ...

TUSCHEL

... lag betrunken mit einem Unbekannten im Garten ...

TUSCHEL

Neeeeein!

Er riecht nach Alkohol ...

SCHNÜFF

Haben wir gemeinsam die Flasche geleert?

Uhm ...

ZUCK

Huch!

UWAAAAH

Verdammt! Wer war dieser Mann?

HAAH

HAAH

Was habe ich nur getan?!

Weiß er, dass ich die Prinzessin von Tarium bin? Warum hat er neben mir ge- schlafen?!

Falls er ein Adeliger ist ... begegne ich ihm womöglich auf Hyacinths Hochzeit.

Seine Kleidung trug er glücklicherweise noch ... aber welche Art ...?

FLIMMER

...

Ich
erinnere mich
nicht.

Soll ich einfach
vorgeben, ihn nicht
zu kennen?

HAHAHA

Immerhin war ich
nicht die Einzige, die sich
unangebracht verhielt.

Auch er war trunken
und benahm sich gewiss
genauso unschicklich!

Um das Gesicht zu
wahren, sollten wir also
vorschützen, einander
noch nie begegnet
zu sein.

Gut!

Ob ich hier wirklich auf ihn treffen werde ...?

NERVÖS

PLAPPER

PLAPPER

Mist.

Der Kerl, mit dem ich mich berauscht im Gras wälzte ...

... sitzt auf den obersten Rängen ...

STARR

Wie hoch ist die Wahrscheinlichkeit, dass er zur Familie des Kaisers gehört?

Nein, das ist unmöglich.

FLÜSTER

Prinzessin, kennt Ihr diesen Mann?

Er starrt Euch die ganze Zeit an.

Ich fürchte ...

GR

INS

... ich wurde entdeckt.

Kapitel 5

Uhuuhuuu ...
Dabei habe ich dich
so sehr geliebt ...

Moment mal!

Es war nicht so, dass Klein unbeliebt war.

Zwar war er kein Kind der Kaiserin, aber gleichwohl ein Prinz.

Noch dazu ein äußerst attraktiver.

Doch ...

AWWW

... seit seinem 15. Geburtstag hatte er keine Verehrerin mehr.

Was glotzt ihr so?!

Das Problem: sein widerlicher Charakter.

FAUCH

Demnach war dies ...

Geh nicht ...!

KRALL

... das erste Mal, dass sich eine erwachsene Frau für ihn interessierte und sich an ihn klammerte.

Wer hätte gedacht, dass es eine Frau gibt, die wegen ihrer Liebe zu mir so leidet ...

HMM

Aber da ich ein Prinz bin, kann ich nicht jede Dahergelaufene heiraten.

Verrückt! Findest du mich so toll?

Du ...

Du wirst mich ebenfalls verlassen, oder ...?

UCH

FWUIT

Nun ja, ich ...

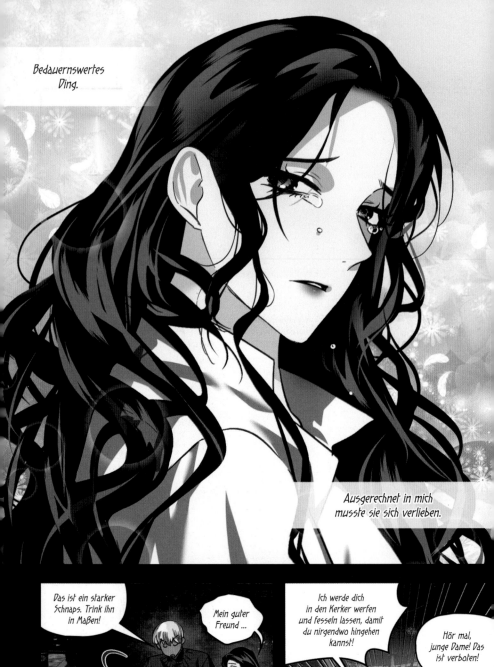

Bedauernswertes
Ding.

Ausgerechnet in mich
musste sie sich verlieben.

Das ist ein starker
Schnaps. Trink ihn
in Maßen!

Mein guter
Freund ...

Verspüre ich
etwa Mitleid?

Ich werde dich
in den Kerker werfen
und fesseln lassen, damit
du nirgendwo hingehen
kannst!

Hör mal,
junge Dame! Das
ist verboten!

PACK

Doch ...

... nicht genug, dass sie mich im Garten zurückließ ... sie will mir nicht einmal in die Augen sehen?!

WAMM

Hört auf, meinem Blick auszuweichen ...

... und lasst uns einander vorstellen!

Ihr wart gestern eindeutig ...

ZACK

Darf ich fragen, wer Ihr seid, Sir?

Das darf nicht wahr sein.

Er gehört nicht nur zur Kaiserfamilie, sondern ist auch noch Hyacinths Bruder!

Ich bin Latrasil Valentine.

Prinzessin von Tarium und Repräsentantin der Hochzeitsdelegation.

Bleib ruhig und gib vor, von nichts zu wissen ...

Halt. Ich muss mich gar nicht verstellen, denn ich erinnere mich sowieso an nichts!

HAHAHA

Karisen ist ein äußerst schönes Land, Prinz Klein.

Ja. Dank des milden Klimas kann man sogar draußen schlafen, ohne zu erfrieren.

Oh, wäre das nicht problematisch?

Eine Erkältung hat man sich schnell geholt!

HAHAHA

Ihr seid mir ja einer! Welch absurde Idee!

STARR

Ach ja? Ihr wirkt nicht gerade kränklich.

Natürlich nicht.

Nun, lasst mich Euch eine Frage stellen!

Was ist die berühmteste Speise in Karisen?

FWUT

Alkohol.

Er erinnert sich.
Daran besteht kein
Zweifel!

Prinzessin, warum ...

SCHAUDER

Den würde ich später gern einmal probieren.

KNEIF

LUGH

Übrigens ...

... scheint die Zeremonie gleich zu beginnen. Wäre es nicht besser, Euren Platz einzunehmen, Prinz Klein?

...

PUH

Nun gut.

Wir werden unser Gespräch später fortführen.

Prinzessin, gefällt Euch dieser Prinz etwa?

Warum habt Ihr Euch plötzlich so ungewöhnlich verhalten?

Du erdreistest dich, mir eine solch hanebüchene Frage zu stellen? Kein Wort mehr.

Jetzt seid ihr wieder Ihr selbst!

Welches Bild hat er nur von mir?

Bitte verstellt euch nicht, wenn Ihr jemanden mögt!

Eure kratzbürstige Art ist außergewöhnlich reizend.

Und ein Grund für dich, mich zu ärgern.

Das kann ich nicht bestreiten.

FUNKEL

Bevor er Kommandant der kaiserlichen Garde wurde, war Sir Sonnaught ein Freund meines Bruders Raean.

Obwohl er ein angesehener Ritter ist, dessen Schwertkunst und Führungsqualitäten seinesgleichen suchen ...

... kann ich in ihm nur Raeans spitzbübischen Freund sehen. Vielleicht liegt es daran, dass ich ihn schon so lange kenne.

Ich verstehe wirklich nicht, warum die Adeligen bei ihm derart schwach werden.

FWUIT

Aber verratet mir, Prinzessin, gefällt Euch dieser Prinz wirklich?

Natürlich nicht.

Das freut mich zu hören. Er passt nicht zu Euch.

Warum nicht? Er sieht doch gut aus.

GLEICHGÜLTIG

Unter Männern hat man dafür ein Gespür.

Ich erkenne auf den ersten Blick, dass dieser Kerl durch und durch verdorben ist.

Mit einem besseren Charakter? Zum Beispiel?

Ihr habt wahrlich jemanden mit einem besseren Charakter verdient.

Du sprichst aber nicht ... von ihm, oder?

Mitnichten.

Sondern?

WUPP

Wie wäre es mit mir, Prinzessin?

Kapitel 6

Wie wäre es mit mir, Prinzessin?

...

Das ist ein schlechter Scherz, Sir Sonnaught.

FWUT

HAHA

!

Hmpf.

Ich, Hyacinth Karisen, nehme Fräulein Aini Tour la Daga zu meiner Gemahlin ...

DRÜCK

Euer Gesichts-
ausdruck ist
beängstigend.

Wenn
Ihr jetzt die
Beherrschung
verliert, Prinzes-
sin, wird man
Euch auf ewig
demütigen.

Ich weiß.

Ich schaffe
es einfach nicht, ein
Lächeln aufzusetzen,
Sir Sonnaught.

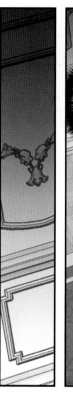

Ich habe ihm ein Hochzeitsgeschenk übergeben und den Feierlichkeiten bei-gewohnt.

Während der Zeremonie habe ich sogar fleißig applaudiert.

Habe ich als seine ehemalige Geliebte damit nicht genug getan?!

BAMM

HMPF

PLUMPS

TOCK
TOCK

!

Können wir nun gehen?

Ja. Der Pflichtteil ist vorbei.

Soll ich unsere Abreise vorbereiten lassen?

ZUCK

...

Lass uns morgen aufbrechen.

Seid Ihr Euch wirklich sicher?

Es gibt Gesandtschaften, die heimkehren, sobald die Zeremonie zu Ende ist.

Aber nur die aus den Ländern, die kein gutes Verhältnis zu Karisen haben.

Auch wir könnten dazugehören. Gründe gibt es genug.

Schon gut. Meine persönlichen Angelegenheiten sollten nicht die Staatsaffären beeinflussen, Sir Sonnaught.

Ist es dir wirklich ernst, Latil?

Es ist mir vollkommen ernst.

Er bereut das wahrlich schnell.

Ja.

Fünf Jahre. Du musst nur fünf Jahre auf mich warten.

Dann können wir wieder zusammen sein, Latil.

Nein.

Latil, als kaiserliche Prinzessin musst du mich doch verstehen können.

Mir blieb keine andere Wahl!

Wie ich schon sagte, ich verstehe das.

Aber verstehen und verzeihen sind zwei paar Stiefel.

Latil ... Bitte!

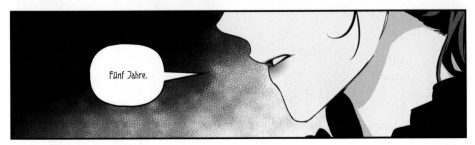

Fünf Jahre.

Wer garantiert mir, dass es wirklich dabei bleibt?

In dieser Zeit wirst du neben Kaiserin Aini noch einen ganzen Harem aufbauen.

Schließlich ist das der beste Weg, um möglichst schnell deine Macht als Kaiser zu festigen.

!

Wie oft soll ich in diesen fünf Jahren mitansehen müssen, wie du eine andere Frau zu dir holst?

Und trotzdem bittest du mich, zu warten?!

...

Wenn es gilt, sich zwischen der Liebe und dem Thron zu entscheiden ...

... ist es nur vernünftig, Letzteren zu wählen.

Und da Hyacinth klug und fähig ist, könnte es durchaus sein, dass er sein abstruses Versprechen tatsächlich hält.

Er war meine erste große Liebe und hatte mir ...

... seine unerschütterliche Treue geschworen. Und ich träumte davon, wie wir einander die Ewigkeit versprachen.

Aber ...

TAPP

Versetz dich bitte in meine Lage, Hyacinth.

Könntest du auf mich warten, wenn ich ...

... einen anderen Mann heiraten, mir einen Harem aufbauen ...

... und dich gleichzeitig fünf Jahre vertrösten würde?

Ich ...

Stopp.

Antworte noch nicht und ...

... denk darüber nach.

Ein Dorf
an der Grenze
von Karisen

DA DAPP

DA DAPP

DA DAPP

Wenn ich jetzt
umdrehe und zu Hyacinth
zurückkehre ...

... könnte
vielleicht alles werden
wie zuvor, aber ...

Ihre Majestät die Kaiserin ist einfach wundervoll! Sie war schon immer für ihren noblen Charakter bekannt.

Ja, sie ist klug genug, keine Skandale zu verursachen und ganz anders ...

... als die jungen Adeligen, über die ständig in den Klatschblättern berichtet wird.

Sie wird uns eine gute Kaiserin sein.

Mit ihr wird es keine Probleme geben, nicht zuletzt dank ihrer einflussreichen Familie.

Mist.

WHACK

DA DAPP

DA DAPP

...

Habe ich ihr nicht gesagt, dass wir unser Gespräch fortführen werden?

GNNG

KLIRR

FHWAT

Verflucht!

Lasst uns einander vorstellen!

Übrigens, die Zeremonie scheint gleich zu beginnen. Wäre es nicht besser, Euren Platz einzunehmen, Prinz Klein?

Ich wollte ...

POFF

POFF POFF

... sie doch wiedersehen und fragen, seit wann sie diese Gefühle für mich hegt!

Egal. Vergiss sie einfach! Schließlich ist sie es, die in mich verliebt ist, und nicht andersherum.

Ihr Pech, wenn sie einfach verschwindet.

Was kümmert's mich?

PUH

Kapitel 7

Ich konnte mich weder von meinem gebrochenen Herzen ...

... noch von der Reise erholen, und jetzt das ...

Was?! Mein Bruder will auf seine Stellung als Kronprinz verzichten?

Aber warum nur?!

Er will einer der großen Weisen werden.

Heißt das ...

Also ...

... wird ausgerechnet Thula der neue Kronprinz?

Du solltest nicht so abfällig über deinen Bruder sprechen, Lahl.

Traditionsgemäß wird der älteste Sohn der Kaiserin der direkte Thronfolger.

An zweiter Stelle steht eigentlich die Tochter der Kaiserin ...

... doch zumeist nimmt der Sohn einer Konkubine ihren Platz ein.

Unter den Adeligen genießt Thula hohes Ansehen.

*Anaktcha hat
Mutter bereits genug
Kummer beschert!*

Als Sohn der Kaiserin, die selbst aus einer hochrangigen Aristokratenfamilie stammt, wäre Raean ein Monarch ...

... dem alle Adeligen folgen und auf dem die Hoffnungen des Volkes ruhen würden.

„Besteigt er den Thron, wird er ein großmütiger und kluger Herrscher sein!"

„Als Gelehrter wird er in meine Fußstapfen treten und den Weg der Großen Weisen beschreiten!"

Nach ihrem Gespräch mit ihm geizten die Großen Weisen nicht mit ihrer Bewunderung für Raean.

Dies war allen in Tarium wohlbekannt.

An jenem Tag war es Raean höchstselbst, der mich als Kronprinzessin vorschlug.

Dank dessen stimmten seine Unterstützer zögerlich zu ...

... doch ich bin nicht wie mein Bruder.

Diejenigen, die auf der Seite von Thula und der Konkubine Anaktcha stehen, werden sicherlich Widerstand leisten ...

KNIRSCH

Diese miesen Verräter! In der kaiserlichen Staats- führung bin ich genauso bewandert wie Raean und Thula!

Auch wenn ich mir alles selbst beigebracht habe.

GROAAAR

Mein Vater ist noch bei guter Gesundheit, also habe ich genug Zeit für eine offizielle Ausbildung.

Zudem ist Thula ein Idealist und besteht auf Dinge, die kaum umsetzbar sind. Ein feiner Herrscher wäre er!

Ich hatte es kein einziges Mal auf den Thron abgesehen ...

... da er immer für Raean bestimmt war.

Um die verlorene Zeit aufzuholen, werde ich mich ranhalten müssen ...

KLANG

... und meine Lehrer dürfen mir nichts durchgehen lassen.

Auf keinen Fall
werde ich gegen
Thula verlieren.

Ich werde Anaktchas
Pläne durchkreuzen und
zeigen, was in mir
steckt.

Diese Gelegenheit
werde ich nicht ungenutzt
lassen!

Und ...

... auch Hyacinth,
der mich so schamlos
verraten hat, wird ...

Zwei Jahre später

?!

Ihr müsst Euch schnell in den Palast begeben, Hoheit!

Seine Majestät ist einem Attentat zum Opfer gefallen!

DA

DADD

Melosi
Familiensitz von
Kommandant
Sonnaught

Es heißt, Prinz Thula hat den Leichnam Seiner Majestät geschändet, um dessen Testament zu manipulieren und die prokaiserliche Faktion handlungsunfähig zu machen.

Er wird die Lehensherren und ranghohen Adeligen für einen Treueschwur zu sich rufen.

Ja, wir dürfen nicht länger warten.

Wir müssen schnell die Oberhand gewinnen, bevor Prinz Thula auch die neutrale Faktion auf seine Seite zieht.

...

Dank Sir Sonnaught stehen die kaiserlichen Palastwachen unter meinem Kommando ...

... und auch meine eigene Armee ist Thulas zahlenmäßig überlegen.

Aber ...

Ach ja?

Selbstver-
ständlich!

Aber Liebling ...

TAPP

TAPP

Wäre es nicht
besser, erst einmal
abzuwarten?

FWUIT

Unser
Land braucht
einen starken
Kaiser.

Ich halte
zwar durchaus zur
Kronprinzessin ...

... doch ich möchte sehen, ob sie es schafft, diese Krise allein zu meistern.

Wartest du nicht einfach nur ab, weil du auf der Gewinnerseite stehen willst?

SCHRECK

Um ehrlich zu sein ...

ÄHEM

Mein Liebster, in solchen Zeiten muss man etwas wagen.

Nur wenn wir ihr in dieser schwierigen Zeit eine helfende Hand reichen, wird sie sich um uns kümmern!

...

Ist es dir so egal, wenn Prinz Thula den Thron an sich reißt?

Nach allem, was zwischen ihm und der kaiserlichen Familie vorgefallen ist?!

Das ist es nicht.

PUHAA

Kapitel 8

Ihr habt hart gekämpft, Eure Hoheit.

Danke, dass Ihr gekommen seid, Herzog Atraxil.

Ich habe gegrübelt, wie ich ihn für mich gewinnen kann, aber er hat mich selbst aufgesucht ...

Ihr habt die Unterstützung unserer Familie.

Seid gewiss, dass ich zurückholen werde, was Euch zusteht, Hoheit.

Welches Ziel verfolgt er dabei?

Dies ist mein Sohn, Hoheit.

SST

Es ist mir eine Ehre, Euch kennenzulernen, Hoheit.

Oh.

Danke, dass Ihr extra hergekommen seid.

Da er so zurückgezogen lebt, bin ich ihm im Palast noch nie begegnet. Dass ich ihn ausgerechnet jetzt treffe ...

STARR

Warum hat sein Vater ihn wohl mitgebracht?

Er scheint nicht aus freien Stücken hier zu sein.

HOHOHO

Vielleicht liegt es daran, dass ihr beide solch wunderschönes pechschwarzes Haar besitzt ...

FREU DIG

... aber Eure Hoheit und mein Sohn sehen zusammen wie das perfekte Paar aus!

Und so
verging ein
halbes Jahr.

Während
das gesamte Land
geteilter Meinung über
die Thronfolge war ...

... befanden sich Latrasil und
Thulatalla nach drei Schlachten
in einer Patt-Situation.

Wir benötigen die Hilfe eines anderen Landes.

Wäre das nicht gefährlich? Hilfe von außerhalb könnte später zu einem zweischneidigen Schwert werden.

Militärstützpunkt von Kronprinzessin Latils Streitkräften

Wir holen uns nur eine schriftliche Zusicherung der Unterstützung.

Es wird nicht leicht ...

... aber es gibt eine sichere Methode.

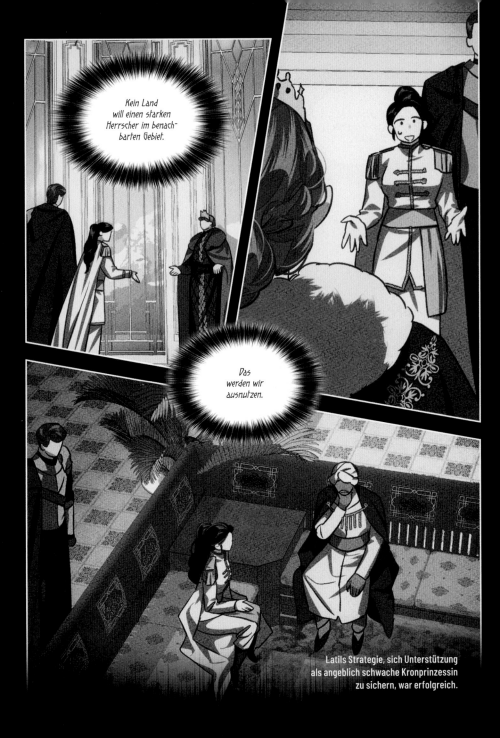

Am Ende gelang es ihr, in den Palast einzudringen und Prinz Thula gefangen zu nehmen.

Eure Hoheit! Bitte vergebt meinem Sohn nur dieses eine Mal ...!

Er ist doch Euer Bruder ... und dem verstorbenen Kaiser lag sein Sohn sehr am Herzen!

Bitte gedenkt Eurem Vater und verschont das Leben seines Sohnes!

Sie wird Euch höchstens im Kerker eingesperrt lassen. Also verliert nicht den Mut!

Sie ist 'ne Frau, also wird sie Gnade zeigen.

Solange Ihr lebt, ist das letzte Wort noch nicht gesprochen. Der Thron wird Euch gehören, Hoheit.

...

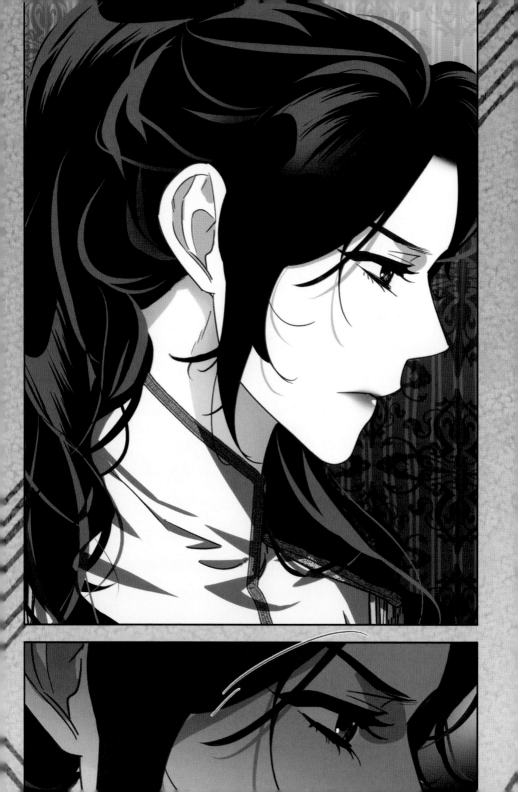

Richtet
Prinz Thula wegen
Hochverrats hin ...

... und inhaftiert
seine Mutter
Anaktcha!

Angefangen
bei Prinz Thula ...

... wurden alle, die den
Leichnam des Kaisers
versteckt und das Schwert
gegen Latil erhoben hatten,
hingerichtet oder ihres
Ranges enthoben.

„In der Prinzessin schlummert eine große Herrscherin."

„Doch falls sie an die Macht kommt, wird in Tarium viel Blut fließen ..."

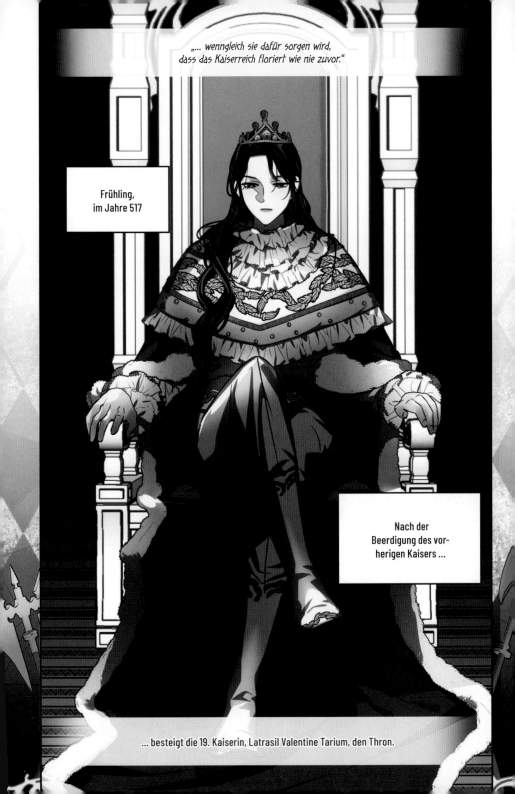

„... wenngleich sie dafür sorgen wird,
dass das Kaiserreich floriert wie nie zuvor.“

Frühling,
im Jahre 517

Nach der
Beerdigung des vor-
herigen Kaisers ...

... besteigt die 19. Kaiserin, Latrasil Valentine Tarium, den Thron.

Am Tag der
Krönung

SCHN IEF

Tantchen?!

Warum weinst du an so einem erfreulichen Tag?

O weh, es tut mir leid! Das war keine Absicht.

Ich dachte nur daran, wie glücklich Eure Mutter gewesen wäre, wenn sie Euch so gesehen hätte ...

HAHA SCHWUPP

HAHA

Aber was redest du denn da, Tantchen?

Mutter ist doch wohlauf!

TAPP

TAPP

Ich weiß. Es ist nur schade, dass sie der Krönung nicht beiwohnen kann ...

Ich werde das Krönungsornat noch einmal anziehen und mich ihr später präsentieren.

HAAAH

Als Kaiserin werdet Ihr nicht viele Freiheiten haben. Ein Besuch im Tempel könnte schwierig werden ...

Ich sollte sie dennoch wenigstens ein Mal besuchen.

Obwohl es besser wäre, wenn Mutter selbst zurückkehren würde ...

Sie wäre außer sich vor Freude.

Ja.

SCHNIEF

SCHNIEF

Ich war untröstlich, als Vater Tantchen nach meiner Ernennung zur Kronprinzessin entließ.

GREIF

Aber jetzt bin ich froh, denn dank dessen hat sie überlebt.

KLACK

Majestät ...

TOCK
TOCK

... Seine
Hoheit Prinz Raean
ist da.

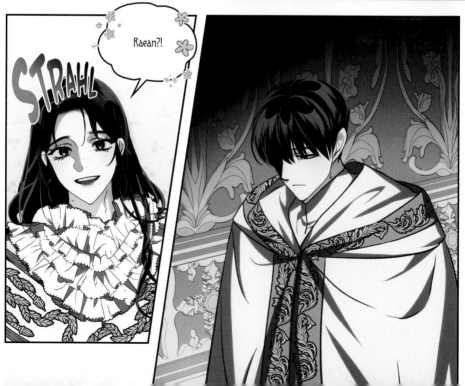

STRAHL

Raean?!

Kapitel 9

Hast du deine Meinung geändert?

Willst du doch an meiner Krönung teilnehmen?

...

Was hast du?

Ich bin nur hier, weil du andernfalls sicherlich enttäuscht wärst ... und weil ich dir etwas sagen möchte.

SSST

Das ist kein offizieller Besuch, daher gehe ich bald wieder.

Du bist also nicht wegen der Zeremonie hier?

Ich denke, es ist besser so. Aber lass mich dir eine Frage stellen, Latil.

Du willst also bloß nörgeln?

Musstest du Thula unbedingt hinrichten lassen?

SEUFZ

GREIF

Es stimmt, dass wir ein dürftiges Verhältnis zu Thula hatten. Und als er kurzzeitig den Palast übernahm, wurde es nahezu irreparabel.

Trotzdem war er unser Bruder.

Unser Blut floss auch in ihm.

Ich weiß.

... doch bei mir war das anders.

Während meiner Zeit als Kron-prinzessin wurde ich stets mit Thula, dir oder unseren anderen Geschwistern verglichen.

Es gab unzählige Adelige, die nach einer besseren Option suchen wollten.

Warum konntest du ihn dann nicht am Leben lassen? Zu Beginn einer Herrschaft sollte man Milde walten lassen.

Du hattest kaum Gegner ...

Ich war nicht in der Position, Milde walten zu lassen ...

... sondern musste meine Macht beweisen.

Und ...

SST

... anstatt hunderte meines Volkes zu verlieren ...

... vergieße ich lieber das Blut von tausenden Feinden.

FLÜSTER

HEHE

...

PUH

UMARM

Ich kann Latils
Vorgehen mitnichten
zustimmen ...

... aber sie ist diejenige,
die Thulas Putschversuch
unterband. Auch in Zukunft
wird sie zahlreiche Hürden
überwinden müssen ...

Der große
Bankettsaal

TRÖÖT
TRÖÖT
♪

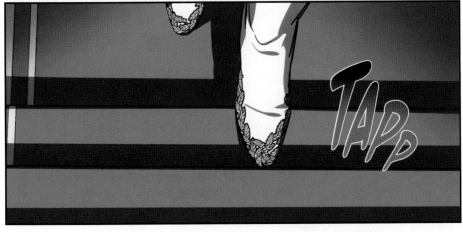

TAPP

Lang lebe Ihre Majestät Kaiserin Latrasil!!

Ich bin
Kaiserin.

Alle Kaiserinnen und Kaiser Tariums halten am Tag der Krönung ihre erste offizielle Audienz ab.

Dabei wird die allgemeine Ausrichtung der Staatsgeschäfte sowie die Implementierung zahlreicher Gesetze besprochen.

Für gewöhnlich werden anschließend diverse Minister durch Anhänger des neuen Kaisers ersetzt, doch ...

Ich werde nur die Stellen neu besetzen, die zuvor von Rebellen bekleidet wurden. Das Personal des vorherigen Kaisers bleibt.

Diejenigen, die Vater unterstützten, sind Herzog Atraxil auf meine Seite gefolgt ...

... und viele von ihnen sind auf der Höhe ihrer Macht. Es gibt keinen Grund, sie loszuwerden.

Ich habe genug Zeit, sie nach meinen Idealen zu formen.

TAPP

Bitte entschuldigt
meine Unhöflichkeit,
Majestät, doch ...

... wann gedenkt Ihr,
einen Prinzgemahl zu
ernennen?

Wozu die Eile?
Sie wurde doch gerade
erst gekrönt. Lasst
uns alles in Ruhe
vorbereiten.

Hmmm?

Zunächst
sollten wir die
Grundlagen errichten,
um die Auswahl zu
erleichtern.

Anders als
den früheren Kaisern,
die eine Kaiserin und
mehrere Konkubinen um
sich hatten, steht der
Kaiserin immerhin nur
ein Prinzgemahl zu.

Aber je früher der Kaiserin ein Prinzgemahl zur Seite steht, desto eher kann die Stabilität der kaiserlichen Familie gesichert werden!

Auch um Eurer Gesundheit willen wäre es von Vorteil, bald einen Nachfolger zu gebären. Es sollte Eure oberste Priorität sein.

Ihr solltet daher geschwind einen Prinzgemahl ...

Wie selbstverständlich sie davon ausgehen ...

... dass ich keine männlichen Konkubinen haben werde.

Auch die früheren Kaiser wurden stets gedrängt, rasch eine Kaiserin zu berufen und für Nachwuchs zu sorgen.

Im gleichen Atemzug kam jedoch auch die Ernennung mehrerer Konkubinen ins Spiel.

Aber ich soll mich mit nur einem einzigen Mann zufriedengeben?

Ich dachte zunächst an fünf.

Aber Majestät, das ist völlig absurd!

Die bisherigen Kaiserinnen hatten nur einen einzigen Prinzgemahl!

Wart ihr es nicht, verehrte Minister, die behaupteten, mein Vater müsse Konkubinen ernennen ...

... um die Kaiserin in Schach zu halten und zu verhindern, dass ihre Familie an Macht gewinnt?

Es gibt fürwahr Gerüchte, dass einige Kaiserinnen heimlich Konkubinen zu sich holten ...

... aber noch nie kam es vor, dass eine Herrscherin einen offiziellen Harem hatte! Also warum ...?!

Der fünfte Kaiser, Trashishu, der als nobler Romantiker galt, hatte fünf Konkubinen. Der elfte Kaiser, Ayntra, hatte sechs.

Im Durchschnitt hatten die Kaiser Tariums fünfzehn Konkubinen.

Die unverbesserlichen Frauenjäger unter ihnen nahmen sogar über zwanzig.

Aber ...

Und trotzdem wollt ihr sie mir verweigern?

Fünf Konkubinen. Und keine weniger.

FLÜSTER

WISPER

Kein Grund, so mürrisch zu sein, meine Herren.

Je mehr Konkubinen ich habe ...

... desto höher stehen schließlich auch eure Chancen, mein Schwiegervater zu werden, nicht wahr?

Nun ...

Das stimmt ...

Der bisher aussichtsreichste Kandidat als Prinzgemahl ist der Sohn von Herzog Atraxil ...

Hmm ...

Aber mit mehreren Konkubinen hätten auch wir ...

HIHIHI

Am
nächsten Tag

Das
Steuersystem
muss geringfügig
reformiert
werden.

In der Hauptstadt
gibt es viele Waren,
doch da es in der
Nähe immer wieder zu
kleineren Schlachten
kommt ...

... sind die
Preise regelrecht
explodiert.

Wenn das so
weitergeht, wird
die Belastung für
die Stadtbewohner
ins Unermessliche
wachsen.

Die anderen
Städte werden
jedoch protestieren,
wenn nur die Haupt-
stadt von Steuererleich-
terungen profitiert.
Dennoch können wir
nicht im ganzen
Land die Steuern
senken.

Was denkt Ihr, Minister?

Nun, wenn wir die Steuersenkung später wieder zurücknehmen, werden die Leute unzufrieden sein.

Unsere Wirtschaft erholt sich schnell. Daher ist es meiner Ansicht nach besser, den aktuellen Satz beizubehalten.

Aber Majestät, gewöhnlichen Bürgern droht schon jetzt die Zahlungsunfähigkeit!

Werden derlei überteuerte Forderungen nicht eingedämmt, dann werden die Bürger in ein, zwei Monaten auf die Barrikaden gehen!

HMM

Der Kampf um den Thron dauerte länger als erwartet. Doch da ausschließlich ...

... die Hauptstadt von den Kämpfen beeinflusst wurde, ist es schwer, ein Gleichgewicht zu schaffen, ohne den Rest des Landes zu verärgern.

Argh ...

Ihr scheint sehr erschöpft zu sein.

Das ist anstrengender, als ich dachte.

HAHA

Ihr werdet bestimmt eine gute Lösung finden.

TOCK TOCK

Eure Majestät, der Verwalter des Harems wünscht Euch zu sprechen.

!

Schickt ihn herein!

Majestät

SCHNURR

Geht es Euch gut, Majestät?

In jedweder Hinsicht.

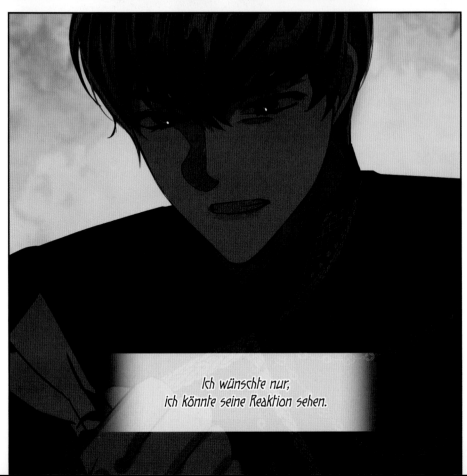

Ich wünschte nur,
ich könnte seine Reaktion sehen.

Was, denkt Ihr, wird Herzog Atraxil tun? Wird er seinen Sohn zu mir schicken?

Meint Ihr Erbherzog Ranamun?

Der Herzog wollte, dass ich seinen Sohn zum Prinzgemahl nehme.

Aber wird er ihm auch erlauben, Teil meines Harems zu werden?

Nun, das kann ich mir mitnichten vorstellen.

Und selbst wenn dem so wäre ...

... der Erbherzog hätte gewiss kein Interesse an Eurem Harem, Majestät.

Wie ...

... bitte?

Kapitel 10

Ich möchte dem kaiserlichen Harem beitreten, Vater.

PERPLEX

Äh ...

M... Mein lieber Sohn, ich habe mich gewiss verhört, nicht wahr?

Nun, es heißt, die Kaiserin wird Konkubinen ernennen.

Und ausgerechnet du willst eine werden?!

KLATTER

Ja.

SCHOCK

Mein Sohn ...

Weißt du vielleicht nicht, was eine Konkubine ist ...?

Nun, zunächst gab es dieses System nur in Hwawol. Doch ein reger Kulturaustausch sorgte dazumal dafür, dass es nach und nach in immer mehr Ländern implementiert wurde.

ELO

QUENT

Bevor sich die Konkubinen etablierten, hatte ein Kaiser lediglich einfache Geliebte.

Jene Geliebten wählt der Kaiser persönlich, und sie erfüllen ausschließlich dessen körperliche Bedürfnisse. Konkubinen hingegen können auch von den Ministern und unabhängig von dem Willen des Kaisers ernannt werden. Zu Kriegszeiten fungieren sie manchmal sogar als Geiseln.

Das stimmt ...

Ugh ...

Sowohl Geliebte als auch Konkubinen sind Teil der kaiserlichen Familie. Doch anders als die Kinder einer ein-fachen Geliebten werden die der Konkubinen als Nachkommen des Kaisers anerkannt.

Dennoch nehmen Konkubinen keine offiziellen Aufgaben wahr, und ihre Priorität ist es, dem Kaiser Freude zu schenken und Sicherheit zu geben.

Hmm.

Vor allem müssen sie die Techniken des Beischlafs perfekt beherrschen.

...

Ich mag keine Erfahrung haben, doch da ich eine schnelle Auffassungsgabe besitze ...

... könnte ich, wenn ich anfange zu lernen ...

... schnell die unterschiedlichsten Methoden ...

KLATSCH

Ranamun!!

Ist es nicht so?

FWOCK

Und trotzdem willst du gehen?

Noch dazu fünf Stück!

KNIRSCH

Sind das die Unterlagen für angehende Konkubinen?

J... Ja ...

SCHNAPP

I... In Ordnung.

Ich bitte Euch, alles gründlich vorzubereiten, Vater.

W... Was soll ich denn vorbereiten? Gift?

Oder soll ich jemanden bestechen?

Einen Beschützer, der vorgibt, ein Diener zu sein?

Ich werde keine Wünsche offen lassen, mein Sohn!

Bitte beschafft mir Lektüre, in der die Techniken des Beischlafs beschrieben werden.

R...

Ranamun!

223

Gewiss.

Graf Breta
Anhänger der neutralen
Faktion während des Kampfs
um den Thron

Wer ...

Nein, wem genau ...

GROOAR

... soll ich wen schicken?

Kaiserin Latrasil bittet mich darum ...

... jemanden auszusuchen, der würdig genug ist ...

... Teil ihres Harems zu werden?

Mich?

Oje ...

Ich dachte zwar, dass Prinz Thulatalla der geeignetere Thronfolger wäre ...

BAMM

... doch das habe ich nie laut ausgesprochen ...!!

D...

SCHRECK

226

Die Kaiserin von Tarium ist voller Wohlwollen für das Kaiserreich Karisen.

Haben wir nicht vor zwei Jahren eine Konkubine aus Tarium zu Euch geschickt?

Wenn wir nun eine Konkubine von Karisen erhalten, wird sich der Kreis unseres Bündnisses schließen.

Dies könnte die Beziehung zwischen unseren Ländern noch weiter verbessern.

Ihre Majestät lässt mich ein persönliches Schreiben über- bringen.

FINSTER

Latil ...!

„Du kennst
meine Vorlieben,
nicht?"

„Ich hoffe, dass
der Mann für meinen
zukünftigen Harem klug
genug für anregende
Unterhaltungen sein
wird."

„Jemand mit braunen
Haaren und grauen Augen
kommt allerdings nicht
infrage!"

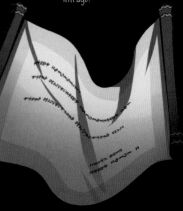

„Wenn mich etwas an dich erinnert,
verdirbt es mir die Laune."

SEUFZ

HAAAH

Das
ist wirklich
absurd.

Ich
meine nicht
dich ...

... sondern
Kaiserin Latrasils
Beschluss.

...?

Wie
bitte?

Seit knapp drei Jahren scheint er nun an Kaiserin Latrasil interessiert zu sein, und nur deshalb ...

... habe ich ihm davon berichtet.

GLEICHGÜLTIG

Sie ist ganz schön geduldig, nicht?

Sicher ist sie sehr beschäftigt ...

FESCH

Was mag der Grund für sein merkwürdiges Benehmen sein?

HA!

Es geht nicht einmal um den Prinzgemahl, sondern um die Position der Konkubine! Das ist unter meiner Würde.

Wie?

Diese Gesandtschaft ist eindeutig hier, um nach mir zu fragen.

Sie wollen mich, ihre große Liebe und Prinz eines Landes, das genauso mächtig ist wie Tarium!

Und trotzdem soll ich nur die Position einer Konkubine bekleiden?!

Pah ...

Sie hat mich
ganze zwei Mal
sitzengelassen.

Macht sie es
sich damit nun nicht
etwas zu leicht?!

Nie im Leben trete ich ihrem Harem bei.

HMPF

Ich muss zunächst mit Hyacinth reden.

Was? Wovon sprecht Ihr?

Von der Konkubine, die nach Tarium geschickt werden soll.

Das ...

Seine Majestät meinte ...

... dass er dem Wunsch der Kaiserin nicht nachkommen könne.

Was? Er hat die Gesandtschaft unverrichteter Dinge ziehen lassen?!

Kapitel 11

Bruder!

Was ist, Klein?

Sind deine Hände nur Zierde? Klopf gefälligst an.

Meine Hände waren damit beschäftigt, die Wachen zu verprügeln, die im Weg standen.

Deine Redegewandtheit hat sich enorm verbessert.

PUH

Ist das dein Ernst?

237

Wenn du eine Frage hast, dann drück dich deutlich aus.

Hast du die Gesandtschaft aus Tarium zurück-geschickt?!

Wer hätte es sonst tun sollen?

ARGH!

Hast du nicht mehr alle Zacken an deiner Krone?!

Hüte deine Zunge.

FUNKEL

Ich mag dein Bruder sein, aber jetzt bin ich der Kaiser, Klein.

ZUCK

Das ...

Willst du dich etwa mit Tarium anlegen?

Ist es zwei Jahre her? Oder gar drei? Da hast du doch auch eine Konkubine aus Tarium bekommen, oder?

Diese ... Wie war ihr Name?

...

Du kennst ihren Namen nicht?!

Sie ist doch deine Konkubine!

HMM

TOCK

Komm zur Sache.

Wie kannst du so geizig sein und etwas ohne Gegenleistung annehmen?!

Was, wenn du Tarium damit beleidigst?

Vielleicht denkt man dort, dass du sie geringschätzt!

Es gibt niemanden ...

... den ich schicken kann. Der Sohn des Kanzlers ist bereits verheiratet und der des Großherzogs ist ein Einzelkind.

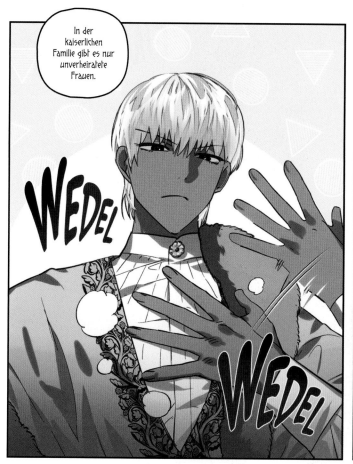

In der
kaiserlichen
Familie gibt es nur
unverheiratete
Frauen.

WEDEL

WEDEL

Du?

Du willst
gehen?

UUURGH

Nein.

Weißt
du es wirklich
nicht?!

Stell dich doch nicht dumm! Ich bin immerhin der Einzige, der momentan infrage kommt.

Ihre Gesandtschaft wollte mich abholen!

Ich habe auch nichts dagegen, dorthin zu gehen.

Außerdem ist sie in mich verli... Hmm.

Der Name Karisen ist von großer Bedeutung.

Nach einer angemessenen Zeit wird sie mich zum Prinzgemahl machen.

...

Raus.

Ich bin beschäftigt.

Hyacinth!!

SCHWUPP

Hmpf!

...

STAPF

STAPF

Wow ...

Sir Sonnaught, schau dir das mal an!

Auch wenn sie seit ihrer Kind-heit befreundet sind ...

... sind sie doch nur Lehensherr und Vasall ...

Was ist das, Majestät?

Erkennst du es nicht?

All diese Männer möchten meinem Harem beitreten!

Ich dachte mir zwar, dass es viele Interessenten geben würde, aber das übersteigt meine Schätzung bei Weitem. Wir werden aussortieren müssen, Majestät.

NICK

Wohl wahr.

Eigentlich wollte ich nur fünf Konkubinen ernennen, aber nun haben uns zahllose Briefe erreicht.

?!

Habt Ihr gerade „eigentlich" gesagt, Majestät?

Wie auch immer ...

BLÄTTER

Man weiß nie, wann jemand seine Meinung ändert.

Momentan gelte ich als romantische Kaiserin, doch die Zukunft ist nicht in Stein gemeißelt.

FLUPP

Eine romantische ... Kaiserin ...

Ich hätte nicht gedacht, Post von Erbherzog Ranamun Atraxil zu erhalten.

TSs

In Anbetracht seines Charakters stammte diese Idee sicherlich nicht von ihm selbst. Ob ihn der Herzog gezwungen hat?

Ein Jammer. Ich werde einen Erlass herausgeben müssen.

TSs TSs

Sein Vater ist ein treuer Untertan, also bleibt mir keine andere Wahl, als den Erbherzog zu mir zu holen.

Außerdem wird eine Person aus Karisen kommen. Sucht Ihr bitte die restlichen drei Männer aus, die Euch hilfreich erscheinen.

FLAPP

Jemand, der hilfreich sein könnte? Keine weiteren Kriterien?

Nehmt den hübscheren, wenn Ihr Euch nicht zwischen zwei Kandidaten entscheiden könnt.

FLÜSTER

Dafür habe ich wahrlich ein fantastisches Auge!

HIHI

HUAAH

Seit meiner
Krönung sind bereits
fünfzehn Tage ver-
gangen.

In der ersten
Woche erschöpfte mich die
Arbeit so sehr, dass ich kaum
links von rechts unterscheiden
konnte, aber nun habe ich
mich daran gewöhnt.

Bald wird die
Gesandtschaft aus
Karisen zurück-
kehren.

Ich bin
gespannt auf seine
Antwort ...

Tock
Tock

Was gibt es?

Der Kaiser von Karisen meinte, er könne keine Konkubine schicken, und hat uns noch am selben Tag wieder fortgesandt, Majestät.

Was sagt Ihr?

Er kann keine Konkubine schicken?

Noch dazu hat er die Gesandtschaft nicht einmal einen Tag verweilen lassen?!

Dies ist das Schreiben Seiner Majestät.

SCHNAPP

RATSCH

SST

Wenn nicht ich, sondern jemand anders zum Kaiser gekrönt worden wäre, hätte er aufgrund unserer diplomatischen Beziehungen eine Person aus Karisen als Konkubine eingesetzt.

Aber meine Bitte lehnt er ab?!

FWOck

Markgraf Sabel!

ZAck

Kapitel 12

„Wenn du erneut eine Gesandtschaft von mir ablehnst, werde
ich das als Geringschätzung des
Kaiserreichs Tarium verstehen
und angemessen reagieren."

„Und tu nicht so, als gäbe
es noch etwas zwischen uns.
Keinen einzigen Brief hast
du in den vergangenen drei
Jahren geschickt!"

HAAH

„Wovon redest du?
Ich habe dir jede
Woche geschrieben
und sogar ..."

KRITZEL

„... Geschenke
überbringen
lassen."

KRITZEL

KRITZEL

Wie kann
ein so aufrichtiger
Mensch ...

... solch einen Brief
voller Spott und Hohn
schicken?

Nein.

Latil war auch früher schon sehr aufbrausend.

Sie war nur in meiner Gegenwart niedlich und zurückhaltend ...

Aber warum wirft sie mir vor, ich hätte nie geschrieben?

Hat man meine Briefe und Geschenke abgefangen?

Ich habe nicht erwartet, dass sie mir allein deswegen verzeiht ...

... doch sollte jemand die Geschenke angerührt haben, die ein Kaiser an eine Prinzessin schickte ...

So wird auch Latil bemerken, dass etwas nicht mit rechten Dingen zuging.

Wir sollten beide Nachforschungen anstellen. Doch was mache ich nur wegen der Konkubine ...?

Unser diplomatisches Verhältnis darf keinen Schaden nehmen ...

HAAH...

Ich werde dich zu ihr schicken, Klein.

Vergiss jedoch nicht, dass es nur vorübergehend ist!

Nach einer angemessenen Zeit werde ich dich bitten, zurückzukehren.

Solange man keine offizielle Konkubine ist, wird man nicht als Teil der kaiserlichen Familie anerkannt, selbst wenn man ein Kind zeugt.

Zudem kann man sich jederzeit scheiden lassen.

Ich habe es kapiert! Wie oft willst du noch den Papagei spielen?

Zügele dein Temperament, wenn du dort bist! Was auch immer Kaiserin Latrasil sagt, du darfst unter keinen Umständen wütend werden!

OOOH

Machst du dir etwa Sorgen um mich?

♪

HIHIHI

Ganz sicher nicht.

Es ist also wahr! Wer bist du und was hast du mit Hyacinth gemacht?

Ich mache mir nur zur Hälfte Sorgen um dich. Darüber hinaus bist du mir egal.

TSS

FLÜSTER

Ich warne dich, nur für den Fall der Fälle ...

SST

Da du nur eine begrenzte Zeit mit ihr verbringen wirst ...

... ist es in deinem eigenen Interesse, Kaiserin Latrasil nicht anzurühren.

Und wenn die Kaiserin zu mir kommt?

HEH

D... Das wird sie auf keinen Fall.

Wer weiß?

Wenn ich zu ihr gehe, wird sie mich sicher direkt küssen wollen, oder?

Hahaha! ♪

...

HÜPF ♡

Hyacinth.

BLICK

Wirst du dich
wirklich von deiner
Frau scheiden
lassen?

FLÜSTER

!

Auch wenn ihr
nicht gerade das beste
Verhältnis habt, wirkt sie
auf mich nicht wie ein
schlechter Mensch.

Öffne
dich ihr doch
ein bisschen.

Natürlich
ist deine Macht
inzwischen so gefestigt,
dass du nicht mehr auf
sie angewiesen bist.

Aber es wäre
dennoch besser,
Herzog Daga nicht
zu verlieren.

...

HM?

Was geschieht
nach deiner
Scheidung?

Gibt es eine
andere Frau, der du
verfallen bist?

SST

Klein.

Ich sage
es dir noch
einmal ...

Es genügt,
wenn du ein halbes
Jahr in Tarium
bleibst.

Anschließend
werde ich dich außer
Zweifel zurückholen,
und dafür ist mir jede
Ausrede recht.

Deine
Sprüche kommen mir
allmählich zu den
Ohren raus.

Denk
daran.

Es ist dir nicht
gestattet, dich in sie zu
verlieben oder bei ihr
bleiben zu wollen.

Kaiserreich
Tarium

Am Ende
hat Hyacinth doch
eine Konkubine
geschickt.

Noch dazu hat er
sich unserer Gesandt-
schaft auf ihrer Heimkehr
angeschlossen ...

Wenn Ihr jetzt schon so aufgeregt seid, wird es später schwer, Euren Gesichtsausdruck zu kontrollieren.

LINS

(hört ihn nicht.)

Meine Konkubine ist dort drüben ...

DADAPP

... in der Kutsche aus Karisen.

DADAPP

DA DAPP

DADAPP

DADAPP

DADAPP

IIIEK

KLACK

TAPP

GLITZER...

Dieser Mann ...

Warum ist er hier?!

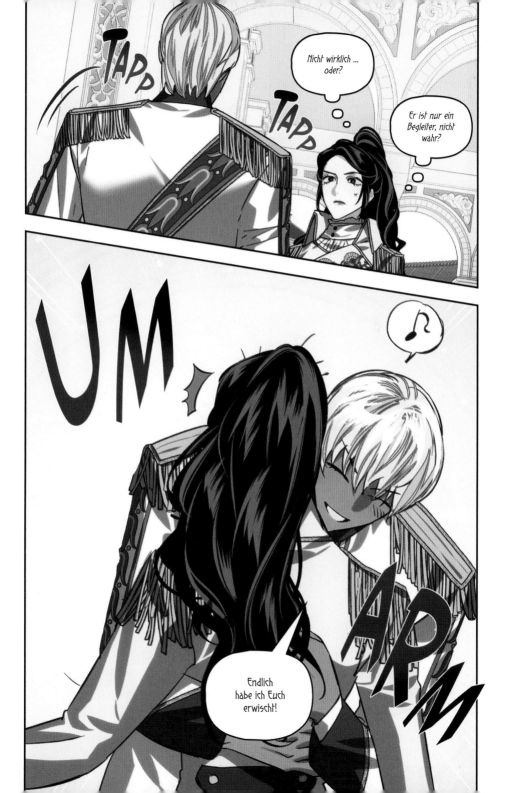

Ist das nicht Seine Hoheit Prinz Klein?

Ja ...

Ich dachte, man schickt mir jemanden aus einer hochrangigen Adelsfamilie.

Stirb, Hyacinth!

Ich habe dich mit meiner Bitte um eine Konkubine unter Druck gesetzt, und du schickst deinen jüngeren Bruder?

...

Was hast du dir bloß dabei gedacht?!

Kapitel 13

Hier entlang, bitte!

Mir wohnt bereits seit der Herrschaft des vorherigen Kaisers die Stelle als Oberster Kammerdiener inne.

Wenn ich die derzeitige Kaiserin nicht so liebgewonnen hätte, wäre ich längst im Ruhestand.

Dank seiner Herkunft wurde er im Gegensatz zu den anderen Konkubinen direkt angenommen.

Ich muss gut abwägen, ob er Ihrer Majestät von Nutzen sein kann.

Für sein Aussehen erhält er die volle Punktzahl.

Er ist ein Prinz, aber er ist auch Kaiser Hyacinths jüngerer Bruder.

Deshalb vergebe ich für seine Herkunft nur fünf Punkte.

Kommen wir zu seinem Charakter ...

Das Zimmer ist zu klein.

Wann kann ich meine offiziellen Gemächer beziehen?

Sind die etwa ebenfalls so kompakt und schlicht?

Eure offiziellen Gemächer ...

Oh, ich finde sie bestimmt allein. Notfalls dekoriere ich sie auch selbst.

Das ist doch selbstverständlich.

Ja, aber während Ihr hier wohnt ...

Wo sind die Gemächer Ihrer Majestät?

Kaiser Hyacinth war wenigstens immer höflich!

FWOT

Warum fragt Ihr?

Ihr habt recht. Die Kaiserin wird von allein zu mir kommen!

HA!

...

Doch ich möchte ihr die Mühe ersparen und stattdessen in ihren Gemächern auf sie warten.

BAMM

HAHAHAHA

Für seinen Charakter ...

... bekommt er null Punkte!!

Was habt Ihr?

BLICK

NERVÖS

Ähm ...

Könnte ich unter vier Augen mit Euch sprechen, Majestät?

HM?

...

Ihr könnt offen sprechen.

SST

Als niemand in der Nähe war, hat mir der Kaiser von Karisen diesen Brief für Euch gegeben.

Ein Brief von Hyacinth?

RASCHEL

„Wovon redest du da? Ich habe dir jede Woche geschrieben ..."

„... und sogar Geschenke geschickt."

Ich habe nie irgendetwas erhalten ...

... doch Hyacinth behauptet das Gegenteil.

Noch dazu hat er sichergestellt, dass nur ich davon erfahre.

Hyacinth mag mich verraten haben, aber ...

... bei so etwas würde er mich nicht anlügen.

KRALL

Tsk. Ich muss mich bereits mit der Ermordung meines Vaters befassen und herausfinden, wer der Täter ist. Und nun erfahre ich auch noch ...

SHF

Es scheint, dass jemand Hyacinths Briefe an mich abgefangen hat.

Jemand hier in Tarium?

Ich weiß nicht, ob es jemand aus Tarium, Karisen oder aus einem fremden Land war.

Vermutlich hat Hyacinth mir den Brief heimlich zukommen lassen, weil er es ebenfalls nicht weiß.

Doch nicht etwa ...?

Es könnte rein gar nichts mit dem Attentäter zu tun haben, aber es schadet auch nicht, Vorsicht walten zu lassen.

Das Eigentum eines Kaisers zu stehlen, ist ein schweres Verbrechen.

Der Brief, den Graf Breta bei sich trug, kam problemlos bei mir an.

Daher wird der Übeltäter wohl entweder in Karisen mit dem Versand offizieller Korrespondenz oder in Tarium mit dem Empfang ebendieser betraut sein.

Wir werden im Verborgenen agieren müssen.

RASCHEL

Ich vertraue dir diese Angelegenheit an. Bitte geh dem Verdacht nach.

Mist.

Ich hätte viel wütender darüber sein sollen, dass Hyacinth seinen Bruder geschickt hat.

GRUMMEL

GRUMMEL

Aber wegen der gestohlenen Briefe ist mir das kurz entfallen.

PUH

HAAH...

Zumindest bin ich so beschäftigt, dass ich nicht ständig an meinen Abschied von Hyacinth zurückdenke.

Und später werde ich vielleicht nicht einmal mehr daran denken, wenn ich Muße habe.

Ja ... Dann werde ich über ihn hinweg sein.

...

TUSCHEL!

TUSCHEL!

Was ...

TA DA

Was soll das?!

STAPF

STAPF

STAPF

STAPF

Majestät!

STAPF

STAPF

ZACK

STAPF

Was macht Ihr hier, Prinz?

Klein.

Bitte nennt mich einfach Klein.

Na schön ...

Was macht Ihr hier, Klein?

Ich wollte mit Euch auf meine erste Nacht in Tarium anstoßen.

Während ich mich mit diesem Schnaps betrinke ...

... könnt Ihr Euch an meinem Charme betrinken.

SPRACHLOS

Dieser Spinner!

Macht er sich gerade über mich lustig?!

HAHAHA ♪

* Latils Perspektive

Ich wollte eigentlich in Euren Gemächern warten, aber der Oberste Kammerdiener wollte es mir nicht gestatten.

Er hat mich angewiesen, im Flur zu verweilen.

HACH

Verstehe.

Kommt herein.

Da er ein halbes Jahr hier verbringen wird ...

... sollte ich mich einmal anständig mit ihm unterhalten.

Eure Majestät!!

TATATAPP

SST

Herzog Atraxil? Was führt Euch um diese Zeit zu mir?

EIL

EIL

Ich muss dringend mit Euch sprechen!

Es ist äußerst wichtig!

!

GROAAR

Ist das dein verdammter Ernst ....?!

Das könnte interessant werden.

KLACK

Unsere Untersuchungen haben aufgedeckt ...

... dass Prinz
Thula ...

... im Kampf
um den Thron
Unterstützer aus
dem Ausland
involvierte.

manhwa
만화
cult

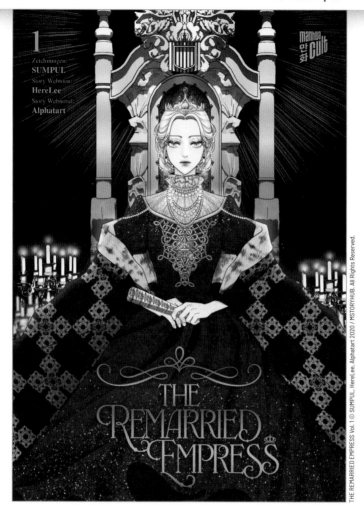

THE REMARRIED EMPRESS

SUMPUL | HereLee | Alphatart

Sie ist mitfühlend, mutig und gebildet: Navier Ellie Trovi ist die strahlende
Kaiserin des Östlichen Imperiums. Schon von Kindesbeinen an wurde
sie auf ihre Rolle als Monarchin an der Seite von Kaiser Sovieshu vor-
bereitet, dem sie stets treu ergeben war. Als ihr Gemahl während einer
Dienstreise jedoch sein Herz an die verwahrloste Rashta verliert und sie
zu sich in den Palast holt, zeigen sich erste Risse in Naviers heiler Welt.
Schließlich fasst Sovieshu einen schockierenden Entschluss: Er verlangt
die Scheidung! Doch entgegen seinen Befürchtungen wartet Navier
nicht mit einem Rosenkrieg auf … sondern mit einem neuen Ehemann!

1. Auflage, 2024
Deutsche Ausgabe/German Edition
© Cross Cult Entertainment GmbH & Co. Publishing KG | Manhwa Cult, Ludwigsburg 2024
Verlagsleitung: Andreas Mergenthaler & Luciana Bawidamann

Aus dem Koreanischen von Katharina Schmölders

MEN OF THE HAREM Vol. 1
© Yeongbin, HereLee, Alphatart 2020 / MSTORYHUB
All rights reserved.
Original Korean edition published by MSTORYHUB.
German translation rights in Germany, Austria, and German-speaking Switzerland arranged with RIVERSE Inc.
This German edition was published by Cross Cult Entertainment GmbH & Co. Publishing KG

Redaktion & Korrektorat: Denise Hedrich
Lektorat: Christina Gohl
Grafik/Produktionsleitung: Elke Epple
Layout und Lettering: Manhwa Cult, Datagrafix GSP GmbH, Berlin
Druck: Mohn Media Mohndruck GmbH, Gütersloh
Printed in Germany

MIX
Papier | Fördert
gute Waldnutzung
FSC® C011124

Dieses Produkt wurde aus Materialien hergestellt, die aus vorbildlich bewirtschafteten,
FSC®-zertifizierten Wäldern und anderen kontrollierten Quellen stammen.

Print-ISBN: 978-3-98949-041-3

www.manhwa-cult.de